张雄 著

芹献集

陕西新华出版
太白文艺出版社

图书在版编目（CIP）数据

芹献集 / 张雄著. -- 西安：太白文艺出版社，2023.7
ISBN 978-7-5513-2396-3

Ⅰ. ①芹… Ⅱ. ①张… Ⅲ. ①诗集－中国－当代 Ⅳ. ①I227

中国国家版本馆CIP数据核字（2023）第090541号

芹献集
QINXIAN JI

作　　者	张　雄
责任编辑	李　玫
封面设计	王　洋
版式设计	建明文化
出版发行	太白文艺出版社
经　　销	新华书店
印　　刷	陕西金德佳印务有限公司
开　　本	787mm×1092mm　1/16
字　　数	22千字
印　　张	14.625
版　　次	2023年7月第1版
印　　次	2023年7月第1次印刷
书　　号	ISBN 978-7-5513-2396-3
定　　价	68.00元

版权所有　翻印必究
如有印装质量问题，可寄出版社印制部调换
联系电话：029-81206800
出版社地址：西安市曲江新区登高路1388号（邮编：710061）
营销中心电话：029-87277748　029-87217872

向来高品不浓妆
——序张雄《芹献集》

孟建国

诗是诗人心中真实情感集中精练的文学表达。张雄先生的诗,我是初次读到,感觉意象丰满,情趣沛然,笔下功夫不浅。

山水田园是诗词吟诵的常见对象,要写出味道却不容易。张雄的此类诗作大多很有特点,不落俗套。写秦岭玉山深处春景:"柴扉半掩荒苔院,灵鹊高枝报喜声。"写赴凤凰古城途中所见:"掩映桃园野色幽,一湾碧水绕村流。襄衣翁媪应节序,村犬中宵吠斗牛。"前者通过"柴扉半掩"的"荒苔院",表现空山村落无人,旷寂凄清,使人沉闷;笔锋一转,又以"灵鹊高枝"表现春天到了深山,鸟鸣花开,"报喜声"传来,新生的希望展现在眼前,使人的情绪由惆怅变欢欣,体味到自然对人感情的触引。后者则抒写山色多彩,碧水潆流,人们顺应农时各执其事,犬吠牛哞,活脱脱一幅恬静祥和的村野乐居图。两首诗写得洗练明快,情趣真切。诗集中有一首名曰《初夏》的五言绝句,堪称其田园诗的佼佼者,其中间两联:"浪涌烟村麦,蛙鸣水岸风。榴殷花胜火,枝密叶藏莺。"浪涌蛙鸣,烟村水岸,麦田风光,胜火榴花,叶底藏莺,真是物色缤纷,意象万千,初夏田园,如在眼前。可以看出,作者对物象、色彩、声音的敏感。这种敏感，乃是把握吟咏对象突出特点的艺术能力的体现，是与作者对大自然的细致观察、潜心默会分不开的。

诗集中写梅、兰、竹、菊所谓"四君子"的诗，是表现诗人诗词功力的重要内容。这些物象，早已被前人今人写遍了，也写滥了，要写出四物各自不同的气韵，同时又不重复雷同古人今人，是不容易的。作者写梅，"笛三弄，影娉婷，冲年首破寒营。……掩映枝上情。"横枝凌寒，正是梅之精魄所在；写兰，"舒条幽枝敛王气，芳韵孤心伴云烟。"兰之孤傲独芳，依稀可见；写竹，"干成戟，叶成剑，翠成衣"，"清风一域，襟怀天下，弄箫管，君子心仪。"戟、剑、衣状形，清风、襟怀、君子传神，形神兼写，笔下见力；写菊，"南山旧篱笆，正适宜，漫吟低诉。"不写形，不写色，也不写香味，却写篱畔之菊，乃是诗人抒情寄意的天生物象，其形、色、味未言而已然蕴含其中矣。这种写法，可谓独出机杼，别有况味。

作者写莲的诗不少，似乎对莲情有独钟。"婷婷翠盖映晴波，巡水蜻蜓点碧荷。残叶枯茎霜雪后，标格感动爱莲说。"(《题残荷图》)诗中点出莲从碧绿到残枯，体现的正是其不妖不娆、不枝不蔓的高标清格的生命过程，莲的高格品质，正是诗人的精神追求，所以才有"标格感动爱莲说"之句。自从濂溪说莲后，天下谁人不爱荷？周敦颐的《爱莲说》作者在诗中多次提及，可见其人生追求的指向。《夏至赏夜荷》中有句："娇莲弄影斜风后，参破蛙鸣十里歌"，"参破""弄影"，用词别致，颇有禅意。除莲花外，作者还有不少咏花诗，突出的是桃、杏、牵牛等。写桃花，有"风雨枝头溅红痕，染透桃花扇"；写杏花，有"二月轻寒嫁东风,麦熟君尤灿";写牵牛花,有"兰夜标孤韵,喇叭问九天",都写得巧妙有味,不落窠臼。有不少诗句诙谐奇特,耐人寻思,如:"急问中秋天朗否?半山芦苇白头摇",以芦苇白头摇对答中秋天朗之问,妙语!"推窗喜见山含黛,明挽嫦娥共中秋",想法大胆,切喻中秋之乐。

边塞诗是作者用力的一个方向,也写出了新的意境情感。其律诗《独登帕米尔高原红其拉甫哨所有感》写道:"葱岭风急漫雪山,独行西域上云端",首联状写边疆哨所位置之高远偏僻;"界碑枪戟千年冷,隘口冰川万载寒",次联极写哨所环境气候之寒冷,句对自然工整,情景描摹真切,读之使人可见可感戍边战士所处环境的恶劣,油然而生敬意。尾联尤妙:"四邻仰望咽喉扼,一队驼铃入玉关。"就在这极高极寒的西陲边塞关隘,一支驼队浩荡而过,阵阵驼铃声音铿锵,沿着古丝绸之路,进入了玉门雄关。这是和平环境之下的商贸往来图,这幅图画不能不使人感悟到:正是有了这高寒严酷之地战士的坚守护卫,才有和平,才有丝绸之路的复兴。这就使整首诗的格调升华,意境为之高远。诗集中此类作品,都有战士的情怀,昂扬的风韵,生动的词语。如"天高地厚五千三,欲揽星河夜未眠"(《夜宿塔什库尔干有感》),"饮马虎贲临瀚海,勒石朔漠踏狼山"(《赴包头乌兰察布书展途中感怀》),这些诗句读来使人振奋,启人心志。

三年新冠疫情肆虐,对社会和人们的生活造成巨大影响,这种深刻变化不能不反映到诗人的作品之中。这类诗作由于时空关系,若有涉及,不是过于写实缺乏情味,就是空乏苍白有秆无花。且看作者如何走笔:"长夜围炉苦饮茶,城南失守若干家。核酸频测虽阴性,无意推窗赏月华。"(《冬至夜题》)"苦饮茶",是写处于疫靨中人们的苦闷状况,久困难守,又不得不守。此时城南又报疫情,"失守若干家",多么无奈,无奈中又夹杂着惊恐。虽然频频做核酸检测,处于安全中,但心情沉闷,精神不爽。窗外月光璀璨,人们却没有心情欣赏。写得贴切、实在,没有空泛的议论和高调堆砌。还有一首《凌晨口占》,也是写防疫的:"梦惊拂晓做核酸,嗔转欢愉因乐天。哈欠一声神顿爽,不嫌贴纸少樊蛮。"天尚未晓,院中已喊做核酸,睡梦不成,不免有嗔怪之情。转念一想,这是为了防疫大事,嗔怪转为欢愉,乐天的性情又复活了。哈欠一声,以清爽的心情态度,面对现实。末了还不忘调侃一句:贴纸虽然少了樊蛮,也不嫌了。调皮中有乐观,无奈中有真情,细节中有至理。在一首名为《鹧鸪天·体检口占》的词中有句:"欣闻三兆迁址远,窃喜多延寿几春",疫情困扰中的达观调侃,可使人转愁为乐,情绪为之积极。从这个意义上说,诗词也可以是生活的调味品。

张雄先生文化基础厚实,文学爱好深湛,阅读广泛,虽然写诗时间不长,已经写出了不俗的诗作,有追求,有意境,有情趣。作者对诗词创作亦有深刻体会,在《学诗难》中说:"常拾韵律夕阳下,偶悟禅机盛荷间。不比黄莺歌婉转,金风麦浪作诗田。"诚哉斯言,时代发展、人民生活是诗词永恒的主题,"麦田""荷间"等正是诗词的肥壤沃土,作者对此体悟深刻,卓有见识。相信按照认定的路子坚持下去,再在炼意炼词、格律把握等方面琢磨钻研,交流探讨,一定能够写出更多更好的诗词作品来。其在《咏桂》中所言的"向来高品不浓妆",正是诗词发展的正向远途。愿作者努力!

2022年9月28日

于西安岐下庐

孟建国,中国作家协会会员,中华诗词学会常务理事,陕西省诗词学会会长,西安交通大学研究员。著有《岐下庐诗文稿(上下)》《黄楼吟》《秦中赋》等多部诗赋集以及经济学著作和戏曲研究论文等。

张雄诗词印象
刘炜评

友人张雄的诗词自选集即将付梓，要我写个小序，我不假思索就应承了。

张兄与我都是六〇后人，中小学接受同一模式的教育，高考同题，大学同级，只是所在学校和专业不同。毕业后虽同处一城，却多年缘悭交集。十年前因为工作结识，一来二往就熟悉了，共同话题不少，情谊逐渐深挚。我们见了面，每以"老同学"互称，不知道底细的人，还以为真同过窗。其实在"老同学"这个称呼里，蕴含着很多相近的阅历、体验和情结，尤其是"80年代新一辈"的家国情怀、理想主义、栖居诗意。

张兄学写诗词，在年过五旬之后。他年轻时是否写过诗，我不得而知，但在"知天命"的年龄段"熬煎"上了诗词，一定是因为有很多"心语"借诗词道出，能给他带来愉悦。

张兄的诗词写作入门，没有严格意义上的师从或"有所本"，主要靠自己以揣以摩。而今网络发达，为他学诗提供了诸多方便。他也很注意请益于诗界师友，态度的诚恳，真是没的说。所以他的诗笔，由粗拙到清畅，不过数年工夫。这样的朋友，在我的交往圈里，还有好几位，让我格外高兴。这些诗友勤奋的态度，更值得我学习。

张兄"早年"的诗,虽有感而发,亦偶见好句,然大都存在着一些在所难免的疵病。作者悟性好,学诗快,对于"意在象中""起承转合"等诗法有着敏感直觉,但"火候"的掌握尚不甚熟练,表现为下字不够适切,运句精粗并存等。

兹举两首:

统万城怀古(2014年3月)

龙雀环刀御中原,斜阳千载照残垣。
赫连壁垒蒸泥热,黑水河滩剑戟寒。
继起帝王十六处,成全霸业百余年。
莽原依旧白城子,不误春分阵雁还。

自注:赫连勃勃命人打造五口大环刀刻字"大夏龙雀",以励志并威慑中华。

首句颇佳,写出了赫连"控弦鸣镝,据有朔方"的势焰熏天。次句本应乘势叙述其"啸群龙漠,乘衅侵渔"的作为,从而引出以下四句铺陈,但笔触却骤然从历史的风云际会回到当下的景象败落,实与尾联表意重复。领联和颈联很有概括力,意象也比较鲜明;数字对仗,尤可称道。尾联于写景中寓讽,态度鲜明,但遣词造句仍有可推敲的余地。

过绥德蒙恬墓(2014年5月)

北击匈奴驱虎狼,农耕游牧始安详。
长城垒起狼烟尽,空付骚人翰墨香。

这一首赞扬被书写者的历史功绩,复感慨其悲剧结局,总体立意甚好,只是第三句的本意显然是说将军事业未竟而被迫自杀,但字面意思却指向了"长城垒起"而边患尽除,"狼烟"

遂不复作，这便使得结句"空付骚人翰墨香"与前三句的气脉不够连贯。

近年诸作，则面目一新呈现出另外一番气象。试举数例：

鹊桥仙·七夕（2020年8月）

鸳鸯戏水，双鱼衔尾，时向藕花浅荡。银河仙侣却奢望，未执手，层波复浪。追星赶月，无暇朔望，一宿相依桥上。天涯无处不伤别，恨又起，离人心上。

古往今来，"七夕"诗词甚多，此篇的立意称不上别开新面，但"技术"的圆畅自如，端的是今非昔比了。

春雨（2021年4月）

春雨如甘露，泥红散浥香。

游鱼思渌水，绮燕结巢梁。

素李生青子，繁樱卸粉妆。

欣逢墒势好，禾黍自盈仓。

这是张雄版的《春夜喜雨》。雨中春景，历历目前；骚人生趣，跃跃笔端。整首诗随物婉转，与心徘徊，很有行云流水的风致。

咏煤（2021年12月）

凡尘哪户不炊烟？能量全凭赤焰燃。

造化墨成诗万古，前生森木绿参天。

明代民族英雄于谦名篇《咏煤炭》广为传诵，尤以尾联"但愿苍生俱饱暖，不辞辛苦出山林"最见"诗眼"非凡。张兄的同题之作，仍能别出机杼，读后二句可知矣。尤其结句"前生森木绿参天"，写出了煤的"前世今生"的纵深感。一篇之内，新旧词"能量"与"造化"一起给力于咏物，毫无"排异反应"，亦值得点赞。

浣溪沙·赏春（2022年正月十八）

欲访早春过灞桥，水边婀娜柳垂条，万千碧眼上柔梢。

自古长安多紫气，向来佳丽少蛮腰，长呼三辅太丰饶。

说这首词的表情、设象、修辞、结构，都臻于完善，读者不会嘲笑我在刻意为诗友"背书"。上阕气脉紧拢连贯，意象明丽清新。下阕兼用双关、拟人之法，运笔得心应手，且对仗工整；最后一句，以"长呼"表达赞叹，十分幽默风趣，显出了作者诗性思维的活跃。

更多的例子，为免啰唆，不再援引了。我想说的是，如果隐去作者姓名，读者会觉得张兄的"前作"与"近作"，不太像出自同一人之手。这恰恰足以说明，张兄已经写出了一些不俗的诗作，而这不俗之绩，来自经年累月练就的苦功夫。他曾有《学诗难》之叹："也曾豪饮仿谪仙，更捻残须过辋川。醉里寻词多锦句，梦中炼字少金笺。……"这样的感受，我也曾有过。

近半年来，我从手机上更频繁地看到张兄发来的新作，可圈可点之处更多于以往。假以时日，他将进入诗词创作自由王国，写出更多更好的诗词作品，这是可以肯定可以期待的。

从题材看，张兄的诗词涉及咏史、怀古、咏物、写景、纪行、抒怀、赠答等，体裁则以七律、七绝和曲子词居多。相对于题材的丰富，体裁尚不够多样，五古、七古、杂言、五律、五绝等作品很少或阙如。与不少诗词爱好者的经历相似，张兄学诗是直接从近体上手的，对于汉魏六朝的古体诗，未能投入一定的时间和精力研习。根据古今诗人的共同经验，业诗由登堂而入室的过程中，"习今（近体）"与"习古（古体）"兼重，还是十分必要的。

但较多体兼擅、自由驱遣而言，诗境的拓展与提升更为重要。拙作《业诗体验》曾说："奚囊觅句屡空回，却笑望仙承露台。欲大吟怀别无路，揽真生活入诗来。"意在励己励人：旧体诗作者"技术"基本过关之后，面临的更大"课题"是如何以高度的真诚抒写出自己的精神生命体验，同时以诗为"时代的良心"和"晴雨表"，传达出不仅属于作者自己而且属于更多人的追切诉求。在这一方面，张兄已经做得不错，还应当做得更好。

我写作诗词、讲说诗词已四十多年，此中欢乐和苦恼的变奏，成了我生命历程中的常态，但从不曾为之后悔过，因为与诗词的相亲相爱，于我不仅是"悦有涯之生"之事体，更是"守心性气命"之志业。近二十年来，我一直为西北大学学生开设着《诗词曲赋创作》课程，同时应邀到许多行业开办过上百场次的诗词讲座，因而自许为"诗词文化坚定传播者"，也不算大言不惭。越来越多的年轻人和成年人对于诗词的热爱，不断地给予了我"吾道不孤"的欣慰。我正是怀着这样的心情祝贺张兄这本诗集的出版的。天道恒在，诗道恒在，愿与张兄共勉！

2022 年 11 月 1 日

刘炜评，西北大学文学院教授、中华诗词学会常务理事、陕西省诗词学会副会长、陕西省文艺评论家协会副主席。作品有《京兆集》《半通斋诗集》《半通斋散文选》等十余部。

目 录

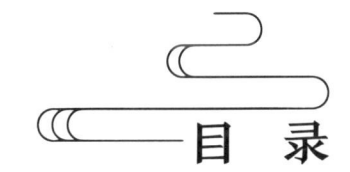

魏晋风度 / 001

戏段院长率学院女教师们赴咸阳杏园采摘 / 001

游青龙寺 / 002

赠炜评兄 / 002

统万城怀古 / 003

端午怀古 / 004

过绥德蒙恬墓 / 005

谒天水李广墓 / 005

独登帕米尔高原红其拉甫哨所有感 / 006

夜宿塔什库尔干有感 / 006

问同官友 / 007

赴包头乌兰察布书展途中感怀 / 007

秋怀 / 008

008 / 春讯

009 / "扫黄打非"专项行动闲暇有记

009 / 与段院长等七人游洛宁县西子湖有感

010 / 画像某君

011 / 西江月·蓝血月亮

013 / 武城怀古

014 / 鹧鸪天·体检口占

015 / 采桑子·重阳

016 / 浪淘沙令·端午怀古

017 / 导师

017 / 己亥中秋

018 / 登济南千佛山较齐鲁与西秦文化有感

018 / 游济南千佛山兴国禅寺

019 / 咏史

019 / 品茗

020 / 浪淘沙·金陵怀古

021 / 曲池秋水

021 / 秦淮河畔后再听"飘雪"背诵吾诗得句

022 / 过黄河有感

022 / 除夕似现瘟疫，卯时被潇湘夜雨电闪雷鸣惊醒而成

023 / 新冠疫情下光景

023 / 赏新冠疫情中王夫人的厨艺晒图及为其老伴理发视频谑作

蓝田玉山赏春 / 024

鹧鸪天·祈祷 / 025

念奴娇·探春 / 026

浪淘沙·新冠疫中上霸原迎春分 / 028

去柞水凤凰古城途中观微信唯美视频而作 / 029

观赏襄汾老家玉霞妹唱歌视频，少年情景萦绕不去而作 / 029

一剪梅·蜂蝶吟 / 030

五一致敬社科工作者 / 031

立夏山居 / 031

学诗难 / 032

津渡 / 032

题大雁塔 / 033

咏夜荷 / 033

咏蝉 / 034

鹊桥仙·七夕 / 035

咏桂 / 036

过大唐不夜城见胡姬肆萧条清冷有感 / 037

终南山秋感怀 / 039

投食 / 040

示儿 / 040

秋思 / 041

驰行怀古遐想 / 041

042 / 雨紫中秋

042 / 中秋即兴

043 / 天仙子·庚子双节感怀

044 / 庚子双节游金丝峡

044 / 咏菊

045 / 重阳节登塔云山即景

045 / 初冬感怀

046 / 寒衣节

046 / 题残荷图

047 / "小雪"节令夜遇初雪

047 / 城

048 / 摊破浣溪沙·过殷墟妇好墓

049 / 赞井冈山斗争

050 / 观《大秦赋》电视连续剧亦评

051 / 雪花飞·盼雪

053 / 咏李斯

054 / 赞磐弟《古风集》

055 / 耕牛叹

055 / 冬日无雪景象

056 / 除夕守夜图

057 / 辛丑正月初五宿瀛湖

059 / 辛丑正月初六登南宫山

情怀元夕 / 061
赏福建姚馆长书法《钗头凤》词有感 / 062
采桑子·春趣 / 063
鹧鸪天·城南探春 / 064
得《京兆集》报炜评兄 / 065
踏青伤春 / 065
春絮 / 067
五律·巡查 / 068
春赏白鹃梅 / 069
谷雨赏花 / 071
春雨 / 072
咏子夜燕照 / 072
赞延安革命 / 073
诉衷情令·登荆州古城 / 075
境 / 077
节后由湘返陕途登天竺山 / 078
初夏 / 078
入上海交大陕西校友会微信群 / 079
采风"三河一山"绿道作 / 079
清平乐·芒种次日"三河"绿道采风 / 080
于西岳庙望华山 / 081
有感端阳雨 / 081

083 / 夏至赏夜荷

085 / 醉花阴·夏夜

086 / 望大唐芙蓉园紫云楼

086 / 灞河岸吟

087 / 与晓霞、宏科、永斌赴延大社科调研遇暴雨

087 / 夏日感怀

088 / 八一建军节读史感叹后生

088 / 报成平友邀家山避暑

089 / 诉衷情·辛丑七夕

091 / 牵牛花

091 / 秋雨

093 / 太常引·秋怀

094 / 与刘炜评、陈俊哲、何丹萌等十余人瓦库咸得茶叙记之

094 / 赏沈大姐新作国色图

095 / 读史知士林多如是观遂作歌叙之

096 / 照金写意·七绝十首

106 / 秋分一景

107 / 闻孟晚舟女士归来有感

109 / 咏桂

110 / 秋涝

110 / 古汾城观感

111 / 拜临汾尧庙

谒绵山介子推墓 / 111

拜永济普救寺 / 112

上黄河鹳雀楼 / 112

菊花新·咏菊 / 113

于木王山修订"秦地起国风"丛书 / 114

生日寄怀 / 114

光棍节赞筷子 / 115

西江月·咏雪 / 115

浣溪沙·落叶 / 116

与陕师大孙教授寻诗佛遗迹不见，山洪后捡璞得趣 / 117

冬韵 / 118

咏煤 / 118

夜过南湖玉轮流烟 / 119

冬至夜题 / 119

赳赳老秦战冠魔 / 120

赠朗诵艺术家曲波先生 / 121

居家隔离十日感 / 123

无题 / 124

报秀霞同学壁炉闲适图 / 125

咏包子 / 126

鹧鸪天·咏兰 / 127

孤馆深沉·咏松 / 129

131 / 行香子·咏竹

133 / 珠帘卷·咏梅

134 / 题三辅性情

134 / 无题

135 / 题黄楼梅诗会

135 / "除夕"近长安

136 / 岁末感怀

136 / 年景

137 / 参观三原李靖故居

137 / 立春逢冬奥会首日于翠华山滑雪场

138 / 山河家园

139 / 岁首咏虎

140 / 浣溪沙·赏春

140 / 游鄠邑草堂寺

141 / 摊破南乡子·探春

143 / 卜算子·咏桃花

145 / 卜算子·咏杏花

146 / 棠梨花三咏

148 / 春分雨

148 / 长驱百余公里入木王山杜鹃花海赏乔木杜鹃

149 / 暮春叹

149 / 韵和磐弟赠上海虎铃兄

如梦令·杨花 / 151

春笋 / 151

"五一"国际劳动节赞社科工作者 / 153

夏风 / 154

无题 / 154

石榴花 / 155

行香子·赞医护工作者 / 156

浣溪沙·广场舞 / 157

七律·咏莲 / 157

无题 / 159

凌晨口占 / 160

卜算子·咏蟠桃 / 160

叹天庭 / 161

祭落齿 / 163

绝句谑和磐弟 / 164

蚊吟 / 166

山花子·喜迎二十大 / 167

山花子·咏扇 / 168

与建伟参加第七次国际天坑科考另解 / 169

七律 / 170

七夕·牵牛花 / 171

雨 / 172

173 / 七律·游麟游

175 / 立秋

176 / 巡视员一

176 / 巡视员二

177 / 巡视员三

179 / 单位搬迁后与科普部同志小聚记之

180 / 处暑日

181 / 意外小院牵牛花绽放喜诵七律

182 / 东坡引·风

183 / 诉衷情·曲江怀古

184 / 忆秦娥·暮秋

185 / 一剪梅·秋分

187 / 七律·时光

188 / 七律·壬寅重阳节感怀

189 / 得配乐诗朗诵赠曲波先生

190 / 无题

191 / 西江月·十月喜迎二十大

192 / 错登圭峰山

193 / 七绝·霜降

194 / 咏红颜（四首）

196 / 咏枭雄（四首）

198 / 朝中措·文房四宝

题社科联新址窗外火晶柿子树 / 199

眼儿媚·初冬感怀 / 200

曲江五古赠孙萌同学 / 201

政策放开疗阳记 / 202

拜谒彭德怀元帅故居有感 / 203

海南亚龙湾写意 / 204

咏三峡大坝 / 205

过神农架 / 206

贺太白文艺出版社建社 30 周年 / 207

五古·过秦穆公墓 / 208

五绝·癸卯初秫归弔三闾大夫 / 209

后　记 / 210

魏晋风度

目送飞鸿，神游穷达。
竹林啸吟，挥洒烟霞。
青好白恶，鹿车荷锸。
正始之音，行藏风雅。

2012 年 12 月 7 日

戏段院长率学院女教师们赴咸阳杏园采摘

春风关宴曲江南，万首词章诵长安。
题壁慈恩多墨客，沉吟雁塔少遗篇。
咸阳十里寻祥瑞，粉黛一抹掠果园。
且看枝残纤指乱，桃腮杏脸岂相安。

2013 年 6 月 4 日 18 时

游青龙寺

东去经幡入记年，扶桑樱树舞风前。
一衣带水同文脉，越海漂洋布善缘。
古寺梵钟迎远客，莲花瓣座悟机禅。
祖庭不吝传真谛，得法慈航去复还。

2013 年 10 月

赠炜评兄

京兆叩关意气扬，深耕汉赋宋词章。
吟成李杜苏黄句，不误开怀醉一场。
梦入穹天雕不落，情急手里少弓良。
子集经典线装摞，何惧荒年断稻粮！

2013 年 5 月 27 日晚

统万城怀古

龙雀环刀御中原,斜阳千载照残垣。

赫连壁垒蒸泥热,黑水河滩剑戟寒。

继起帝王十六处,成全霸业百余年。

莽原依旧白城子,不误春分阵雁还。

2014年3月22日

注:赫连勃勃命人打造五口大环刀刻字"大夏龙雀",以励志并威慑中华。

端午怀古

弹指越千年，
何处赵齐燕韩。
兴亡存废信天演，
国殇潸然。
雾锁云梦，
红绡细腰，
钟磬管弦。
沧浪水岸，
有渔父莞尔无言。

2014年5月23日下午

过绥德蒙恬墓

北击匈奴驱虎狼,农耕游牧始安详。
长城垒起狼烟尽,空付骚人翰墨香。

2014 年 5 月 31 日下午

谒天水李广墓

怎堪国色委胡酋,朔漠声咽壮士羞。
射石飞将能搏虎,当年何故不封侯。

2014 年 6 月 2 日 17 时

独登帕米尔高原红其拉甫哨所有感

葱岭风急漫雪山,独行西域上云端。
界碑枪戟千年冷,隘口冰川万载寒。
倨傲孤营巡汉地,坐拥壮士锁胡天。
四邻仰望咽喉扼,一队驼铃入玉关。

2015 年 8 月 12 日

夜宿塔什库尔干有感

天高地厚五千三,欲揽星河夜未眠。
一去国门通五地,当年三藏过此山。

2015 年 8 月 12 日 23 时

问同官友

商山漆水意从容，纵横沉浮试鞴鹰。
秣马挽弓足正健，缘何解绶放萍踪。

2016 年 5 月 18 日

赴包头乌兰察布书展途中感怀

北驰千里过榆关，大漠苍茫史已迁。
饮马虎贲临瀚海，勒石朔漠踏狼山。
一群游牧逐肥草，数影翱翔入远天。
只怨茂陵几冢土，惹得胡马弃阴山。

2016 年 8 月 3 日

秋怀

渭水秋风阵雁寒,时令慷慨送流年。
浮游楚楚欢三日,沧海茫茫寄一帆。
常往樊川汲圣水,长安叶落有诗篇。
秉烛慨叹光阴速,案牍劳神又一天。

2016年9月23日

春讯

河杨堤柳泛鹅黄,飘送条风万里香。
山外村花多胜景,报春盆植早芬芳。

2017年3月28日

"扫黄打非"专项行动闲暇有记

因循日日度昏天,案几层层简复繁。
夜览西极国卅六,晨飞直抵玉门关。
龟兹哪里风情少,丝路驼铃响长安。
混迹巴扎疑燕乐,恍然天宝爱胡旋。

2017年7月16日

注:2017年7月11日省际督导检查新疆。

与段院长等七人游洛宁县西子湖有感

同行共趣已多期,穿雾风驰赴豫西。
樽满杜康醇宜醉,杯深骚客倒如泥。
而今楚尾多佳境,昔日秦头尽战旗。
此地船行多胜景,郑音搏髀两相宜。

2017年10月5日双节作

画像某君

玄兔西去影阑珊,岁月蹉跎鬓已斑。
稻粮生计身已惰,镜里年轮皱纹添。
慈航远渡悟心经,清虚羽化隐仙丹。
一笑莫如垂纶去,择日闹市选渔竿。

2017 年 12 月 17 日夜

西江月·蓝血月亮

一夜长安空巷,
竞相翘望天涯。
桂宫刹那染朱纱,
疑是嫦娥出嫁。

天境冰轮谁挂,
妙思童趣奇葩。
再逢蓝血月之华,
或把玄孙惊吓!

注:2018年元月31日夜赏百年一遇蓝血月亮有感。

附：赵馥洁老师回赠和诗

望红月亮

静致斋人

百载难逢海月红,赤球冉冉上晴空。
红绸万缕嫦娥舞,丹药千丸玉兔功。
香桂树成枫叶树,广寒宫变火龙宫。
仰天凝望心如醉,欲把诗情化彩虹!

武城怀古

夜上燕山易水凉，长城烽燧落残阳。
偶翻青史兵戎地，屡作华夷搏命场。
月朗征夫惊梦醒，天昏胡骑砾沙扬。
小平秋点军旗猎，秣马操戈铸国防。

2018 年 9 月 26 日

注：中秋次日晚应河北省及石家庄市社科联邀登 1981 年华北大军演阅兵台而作。

鹧鸪天·体检口占

光景秋深便寡恩,
已着旧袄少精神。
莫疑医者仁心善,
笃信囊中银两真。

探口齿,测形身,
悲摧又矮几毫分。
欣闻三兆址迁远,
窃喜多延寿几春!

2018 年 10 月 12 日

注:三兆乃西安八宝山也。

采桑子·重阳

一行云雁谁相送，
枫染林红，
何日归程，
物候推移识旧情。

登高难解萦怀意，
唤侣呼朋，
扳倒樽瓶，
今夜长安醉意浓。

2018年10月17日

浪淘沙令·端午怀古

荆楚遍狼烟,
鹤唳声残。
阿房宫上月轮圆。
一统兵锋今又现,
战阵骊山。

云梦稻田闲。
行吟芷兰。
郢都灰烬汨江寒。
长歌当哭屈子赋,
文脉千年。

2019年6月7日

导师

桂馥兰馨育俊贤,诗风慧雨伴流年。
民胞物与承理念,叶茂枝繁多简缘。
长值杏坛教道理,每临津渡点机玄。
素笺常作苏辛咏,《静致斋诗》和雅弦。

2019 年 6 月 18 日

注:听赵馥洁老师课,启慧根、沐春风;获赠《静致斋诗》一部,临沧海、寓哲思。今读完先生诗集有感作七律。

己亥中秋

诗意清秋叹物华,曲池冒雨绕三匝。
青莲吟诵床前月,卓女围垆蜀郡家。
众喜东坡豪放句,易安偏爱瘦黄花。
苦无妙笔生花句,始恨经年饭量加。

2019 中秋节夜

登济南千佛山较齐鲁与西秦文化有感

秋日闲来慢步登，历城峰顶悟禅声。
旧时邹鲁平夷策，湮灭西秦霸业中。

游济南千佛山兴国禅寺

梵音袅袅远尘寰，众相迷津度善缘。
不向佛前祈富贵，宅心参透那株莲。

2019年9月19日

注：2019年9月19日与杜牧等在济南参加全国社科评奖工作会之余口占有二。

咏史

莫道延河不海澜，空流千载叩心弦。
风追鸿雁翔云去，草长牛羊牧圉安。
彪悍民风知教化，善良村野识尧年。
皇天后土龙兴地，青史频繁锁莽原。

2019 年 9 月 27 日于枣园宾馆

注：参加延安市委和延安精神研究会庆祝新中国成立七十周年活动，有感高原热土，作七律。

品茗

秋韵随风入海流，一行云鹤到闽侯。
海鲜珍味得青睐，妙看沏茶绕指柔。

2019 年 10 月 19 日

注：昙石山博物馆姚馆长着旗袍、展茶艺，饮之共赞。

浪淘沙·金陵怀古

轻燕舞风流，
乌衣巷口，
商旗招摇游人稠。
夜半画舫弦歌声，
十里温柔。

往事跃心头，
衣冠拥渡，
汉月何时照江楼。
近几番京华粉尽，
惊刻心舟！

2019 年 10 月 17 日

注：与志明等夜宿秦淮河畔状元楼。

曲池秋水

高天兴致洒金风,万叶千林色染浓。
衔草池鱼倏尔远,平添诗者皱眉峰。

2019年11月4日

秦淮河畔后再听"飘雪"背诵吾诗得句

西秦三九少祥云,喜见金陵劝酒人。
无意江南春未到,绕梁又醉软侬音。

2020年元月4日

过黄河有感

雪舞河东私稻黍,直呼青女秉公乎。
心偏晋冀铺银被,何令西秦总旧服。

2020年元月7日

注:入冬至今关中无雪,与杜牧乘高铁赴京商与中社院合作项目。

除夕似现瘟疫,卯时被潇湘夜雨电闪雷鸣惊醒而成

冬夜何事惊雷公,披衣翻《易》卜吉凶。
天蓬无力驱瘟疾,麻油添足敬神明。
多个城郭交通禁,亿万国人坦途封。
合掌正祈庚子年,雄鸡替鼠报先声。

2020年1月24日于株洲董家塅

新冠疫情下光景

九衢萧瑟误春畦，万户闲愁难试犁。
布谷高枝殷殷劝，不知人间陷瘟疾。

2020年2月6日

赏新冠疫情中王夫人的厨艺晒图及为其老伴理发视频谑作

闭关半月庖厨中，修炼凌高级七崇。
咸淡捏拿无定谱，素荤火候见真功。
凉皮煎饼形花样，水饺蒸包瓤味丰。
春韭竟能厅室理，开函霜鬓笑春风。

2020年2月19日

注：开函喜动色，分明是君容。

蓝田玉山赏春

电掣风驰惬意生,春山深处杏花迎。
柴扉半掩荒苔院,灵鹊高枝报喜声。

2020 年 3 月 14 日

鹧鸪天·祈祷

胆慑新冠锁户深，

疆场搏命已初春。

国殇聚力斗瘟疫，

门将同心镇鬼神。

叔宝怒、敬德嗔，

驱邪辟鬼受钦尊。

长祈橘井生香日，

再拜悬壶济世恩。

2020年2月27日

注：全国抗疫依然严峻，今日数据确诊39920例、死亡累计3288人。医护力战不退，人多宅家避疫。

念奴娇·探春

柳烟染碧，
市井寥人迹，
遍翻皇历。
夜半已临春分序，
辜负杏花期许。
罩口巾帻，
一身密闭，
拼将寻春去。
杜陵原上，
断碑千载兀立！

遥望太乙终南，
翠抹云横，
汉槐荫村里。
忆去年一从粉黛，
莲步笑盈香溢。
插鬓红黄，
引得雀燕、
枝上嬉莺语。

芹献集

何方音律，
　生机别样春意。

2020年3月7日

注：搏疫"居永"六周后闷极探春而作。

浪淘沙·新冠疫中上霸原迎春分

楼宇遍城中,

黯淡秋冬,

误人间丽日春浓。

城郭全由灰泥砌,

宅似牢笼。

谁正恋东风?

粉动青从。

蜂媒蝶使密香逢。

豁目开襟行霸上,

日暖烟蒙。

2020 年 3 月 21 日

去柞水凤凰古城途中观微信唯美视频而作

掩映桃园野色幽，一湾碧绿绕村流。
蓑衣翁媪应节序，村犬中宵吠斗牛。

2020 年 3 月 22 日

观赏襄汾老家玉霞妹唱歌视频，少年情景萦绕不去而作

恍然一梦叹何长？荏苒光阴鬓已霜。
暑期玩伴割青蒿，盈笑灵眸爱红裳。
从小表妹多勤劳，甘苦生计历沧桑。
听歌犹感乡情暖，脱口我仍大柴腔。

2020 年 3 月 30 日

注：大柴是山西襄汾县姑姑家村名。

一剪梅·蜂蝶吟

雨过千花粉泪流,
也怨东君,
不挽春留。
色失香褪乱枝头,
长使蜂蝶,
无处消愁。

最忆清明景色优,
桃夭樱艳,
解语花羞。
密丛莺燕与歌鸥,
沉醉芳菲,
情远田畴。

2020 年 4 月 9 日

五一致敬社科工作者

社燕衔泥向故檐,蜂蝶忙碌与香黏。
谁言锦绣春蚕吐,卷里山河笔种田。

2020 年 4 月 21 日

立夏山居

神明志溃泊,篱蔓粉蝶多。
节序时不待,情怀锄下禾。
书香添丽句,兰郁伴吟哦。
酩酊诗成后,春残绿夏荷。

2020 年 5 月 5 日立夏

学诗难

也曾豪饮仿谪仙,更捻残须过辋川。
醉里寻词多锦句,梦中炼字少金笺。
常拾韵律夕阳下,偶悟禅机盛荷间。
不比黄莺歌婉转,金风麦浪作诗田。

2020 年 6 月 2 日

津渡

净土何神圣,千年响梵音。
寺怀香客远,殿恋菩提荫。
合掌怜凡界,敲鱼醒古今。
诵经寻慧海,慈善化尘心。

2020 年 7 月 6 日

题大雁塔

慈恩寺界塔虚空,玄奘西天取梵经。
般若声喧香火盛,坐拥千载更从容。

2020 年 7 月 21 日

咏夜荷

碧叶田田月印波,芙蓉出水更婀娜。
濂溪信笔只一说,天下儒生尽爱荷。

2020 年 7 月 26 日

咏蝉

寄寓黄泉冷且黑，笃切万类正轮回。
那宵羽化登高后，一任诗行誉与非。

2020 年 7 月 29 日

鹊桥仙·七夕

鸳鸯戏水，
双鱼衔尾，
时向藕花浅荡。
银河仙侣却奢望，
未执手，
层波复浪。

追星赶月，
无暇朔望，
一宿相依桥上。
天涯无处不伤别，
恨又起，
离人心上。

2020 年 8 月 19 日

咏桂

广寒秋夜泛崇光,丹桂婆娑送暗香。
任性蝶蜂难亵渎,向来高品不浓妆。

2020 年 8 月 26 日

过大唐不夜城见胡姬肆萧条清冷有感

汉有胡姬肆,香飘域外音。
没了金吾子,还谁来问津。

2020 年 8 月 30 日

葱岭诗歌

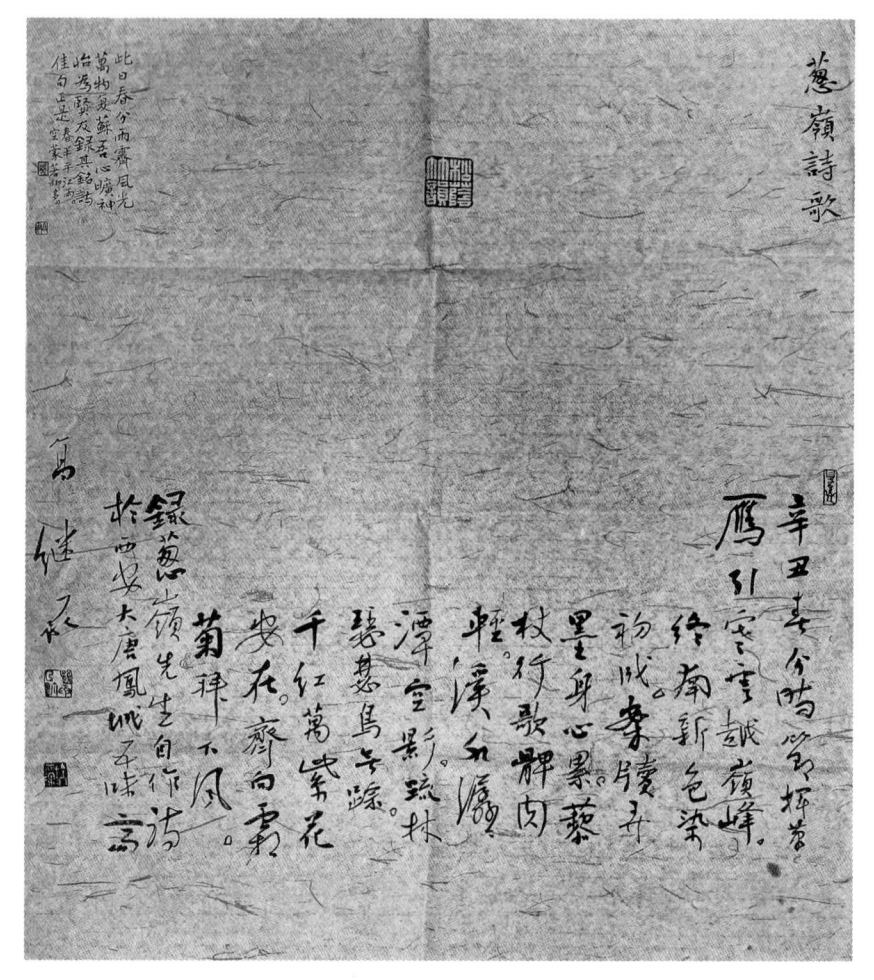

辛丑季分晓登拂菱
鹰引空云越岭峰
绵南新色染初城素装卉
墨染身心黑藜
杖行歌醉肉
轻溪分岩
潭空影琉林
琴瑟鸟无踪
千红万紫花
安在齐向霸
菊拜下风

录葱岭先生自作诗
于西安大唐凤城子畔
高继承

○ 高继承　书

终南山秋感怀

雁引寒云越岭峰,终南新色染初成。
案牍弄墨身心累,藜杖行歌髀肉轻。
溪水潺潺潭空影,疏林瑟瑟鸟无踪。
千红万紫花安在?齐向霜菊拜下风。

2020 年 9 月 2 日

投食

漫步南湖解浅忧，欲诗难赋近中秋。
那群摆尾心思重，一袭红妆向我游。

2020 年 9 月 28 日

示儿

胸中长涌浪和波，夕惕朝乾乞转折。
问字膝前情态稚，牵衣灯下仿佛昨。
如今继起勤接力，执念修为恳补拙。
一盏心灯明远境，深耕应序自丰禾。

2020 年 9 月 11 日

秋思

谁惹秋风起肃杀,广寒京兆万千家。
登高雁远山河瘦,携酒诗寻帝女花。

2020 年 9 月 22 日

驰行怀古遐想

商山漫绕楚途长,古道逶迤信导航。
敢遇秦时明月夜,虎贲一乘取襄阳。

2020 年 10 月 1 日

雨萦中秋

仙女心思起黯伤，今流清泪万千行。
九州兴致团圆日，谁替嫦娥办嫁妆。

2020年10月1日双节

中秋即兴

欲入商山觅楚踪，云怒滂沱胆难从。
突围心境奔壶口，幸此清辉洒夜空。

2020年10月3日夜于壶口

天仙子·庚子双节感怀

新冠蔓延无忌惮,
忍看万邦遭磨难。
平妖妙策莫西寻,
听召唤、齐心干,
战胜内忧和外患。

又见山河秋意染,
赢取游人百千万。
五洲共望月圆时,
酒斟满、约杯盏,
风景这边独绚烂。

2020年10月6日新冠疫情正肆虐西方

庚子双节游金丝峡

壁立相怜耸断崖，青天一线探幽峡。
清嘉十里蜿蜒路，飞瀑流泉迸玉花。

2020 年 10 月 8 日

咏菊

半山望去瘦花黄，篱疏云深雁一行。
君到岭南人若问，正有余香砺寒霜。

2020 年 10 月 18 日

重阳节登塔云山即景

秋来浓韵染峰峦,举目层林色已丹。
九仞危崖擎道场,百年信众拜仙山。
拾级步步添心悸,攀索人人恨腿酸。
一跪观音金顶殿,祈福得道胜灵签。

2020 年 10 月 25 日

初冬感怀

万物怯寒冬,光华匿藏中。
游鱼潜水底,飞鸟没天空。
客少非无酒,骚人却满屏。
寻梅须雪霁,妙境和诗成。

2020 年 11 月 2 日

寒衣节

虽知代谢永无期,路口青烟入太虚。
冥币夜随星火去,化作尊亲御寒衣。

2020 年 11 月 15 日

题残荷图

娉婷翠盖映清波,巡水蜻蜓点碧荷。
残叶枯茎霜雪后,标格感动《爱莲说》。

2020 年 11 月 21 日

"小雪"节令夜遇初雪

密谋酝酿近一年,"小雪"时节潜长安。
举义赴约浑不顾,一夕改变旧河山。

2020年11月23日

城

傍水而居起筑墙,千年郡县若金汤。
光阴荏苒兴亡继,市井依然万户忙。

2020年12月23日

摊破浣溪沙·过殷墟妇好墓

恣肆风扬凛冽天，
恰逢初雪降中原。
千载依然妇好墓，
护王权。
虽是殷墟堙没久，
何妨巾帼敢开山。
征战桓桓并国色，
鼓筲还。

2020 年 12 月 1 日

注：与志明及省人大等科普调研赴安阳汤阴遇初雪。

赞井冈山斗争

秋收暴动入崇山,湘赣红军战事酣。
除霸安良均土地,聚合进退固摇篮。
黄洋界上旌旗怒,八角楼中号令传。
且看映山红似血,星星之火正燎原。

2020 年 12 月 4 日

观《大秦赋》电视连续剧亦评

茅焦近日少贤良,信口闲来骂始皇。
才具苦无平戎策,胸襟偏好指槐桑。
崖山身后基因变,项上还谁认爹娘。
一统河山功至伟,腐儒值几蚀秦王!

2020 年 12 月 26 日

雪花飞·盼雪

长伴尘霾染目,
琼花欲落还无。
唯玉鸾诗中舞,
风卷云舒。
谈笑围炉坐,
清香暗影疏。
三九心思尤恋,
雪映梅株。

2021 年 1 月 3 日

芹献集

◎李甫运 书

咏李斯

怀揣法策入崤函，敢为楸枰立肇端。
牵犬东门犹未悔，天行秦制两千年。

2021 年 1 月 7 日

赞磐弟《古风集》

秦青歌调未闻知,信手君频赋妙辞。
仓颉初无三十字,借来今已五千诗。

2021 年 1 月 17 日

附：张磐和诗

绝句回赠长安张雄兄
张磐

诗符人名气象浑,七言成境意求深。
悠悠岁月别来好,点点积香作酒醇。

2021 年 3 月 27 日

耕牛叹
辛丑牛年将至有感

晚归早起为耕田，累月经年总不闲。
播种禾丰仓廪满，赢躯蹄奋铁犁前。
藏弓烹狗韩王信，义寡恩薄汉祖先。
伤感釜中烧炖者，轮回切莫返人间。

2021年1月23日

冬日无雪景象

惯于藏躲度晨昏，庚子寰球闹冠神。
东望蓝关乏紫气，南瞻太乙有真君。
徜徉曲水寒云淡，袖手城垣暖日沉。
莫道天公冬吝啬，立春后或雪纷飞。

2021年2月3日立春

除夕守夜图

城郭年禁爆竹声，燃炮孩童趣最浓。
万户荧屏春意闹，千家厨艺色香生。
鼠逃牛到驱寒夜，阴去阳升孕暖风。
节目烘托烟火盛，这厢鼾和子时钟。

2021 年 2 月 12 日

辛丑正月初五宿瀛湖

柳眼初佻曲水鸥，探春执意驶金州。
瀛湖连岸千峰碧，弯月繁星一梦收。

2021 年 2 月 16 日

芹献集

© 钟顺虎 书

辛丑正月初六登南宫山

放眼层峦万仞峰,半山积雪映南宫。
红尘白浪迷俗客,苦海空门度众生。
古寺修为清净界,世间业障孔方兄。
巴山岚水云深处,济世天天响梵钟。

2021年2月18日

花灯万盏玉轮圆溢彩流光笑语喧莫问谁家新立户青春今夜爱阑珊

葱岭元夕即景诗一首 辛丑之春日书于京华 王殿华

情怀元夕

花灯万盏玉轮圆,溢彩流光笑语喧。
莫问谁家新立户,青春今夜爱阑珊。

2021 年 2 月 26 日

赏福建姚馆长书法《钗头凤》词有感

沈园春色今依旧,香袖红笺引杞忧。
世间云烟多少梦,临池心境似禅修。

2021 年 2 月 26 日元宵节

采桑子·春趣

软风绿染抒人意，
岸柳依依。
心旷神怡，
最怕绯红风雨急。

城南塬上桃花密，
蕊引香袭。
醉眼蜂儿，
误采了青娥粉衣。

2021 年 3 月 2 日

鹧鸪天·城南探春

麦垄参差郁郁青，
游人郊外喜柔风。
蜂巡锦绣百十里，
鹊报吉祥三两声。

春依旧，转时空。
城南枝上绽桃红。
寻香吟句村深处，
又误崔郎与后生。

2021 年 3 月 21 日

得《京兆集》报炜评兄

卅年京兆味甘酸,引箭拉弓矢未偏。
醉眼青白寥世故,高情九畹作诗笺。

2021 年 3 月 26 日

踏青伤春

芬芳沁暮春,香乱粉蝶身。
麦绿生微浪,花黄映远村。
斜风迎雨燕,曳柳隐游禽。
抬眼凝车镜,年轮正碾心。

2021 年 4 月 1 日

芹献集

◎ 杜中信 书

春絮

离别杨柳舞风尘,率性轻扬主义真。
天赋纤毫白胜雪,一生贵在自由身。

2021 年 3 月 28 日

五律·巡查

带领"意专"七组巡查自然资源厅、退役军人事务厅、省委军民融合办等有感。

培根溯本真,拜印在盛春。
责任须牢记,疑团必较真。
柔风兼细雨,密叶隐幽禽。
巡视何其难,劳神且会心。

2021年4月4日清明与省市委干部红萍等共事月余记之

春赏白鹃梅

雨歇云雾绕山巅，车入途穷步履艰。

岭上白鹃梅似雪，谁调素色误春天。

2021年4月5日与武院长等登皇峪

芹献集

○何武 书

谷雨赏花

天香嫡出洛阳家,明目宜沏谷雨茶。
不是武皇颁圣旨,谁人附会牡丹花。

2021 年 4 月 20 日

春雨

春雨如甘露，泥红散浥香。
游鱼思渌水，绮燕结巢梁。
素李生青子，繁樱卸粉妆。
欣逢墒势好，禾黍自盈仓。

2021 年 4 月 22 日

咏子夜燕照
有双燕栖息于小区 12 楼报警盒上有感

双飞衔泥舞田畴，敢将身栖闹市楼。
燕尔分明梁与祝，呢喃软语诉温柔。

2021 年 4 月 23 日

赞延安革命

红日初升照莽原,八方人气聚英贤。
枣园窑洞书国策,圣地延安铸政权。
勠力同心逐日寇,运筹帷幄驭中原。
甲申三百须长祭,建党今迎一百年。

2021 年 4 月 25 日

宣荆州古城

雲沈峯閣迴千舟興三楚
城咽涙江陵鷹地尓勝不高樓
萬屋路江流照千檣見重
邊誰謂日馬天下肇此荆州

戊戌辛丑之夏望天晴之夜
鈔張雄先生詩
赴包頭烏蘭察布書尾途中感懷
七首　蘭榮

诉衷情令·登荆州古城

云沉岸阔过千舟，
兴亡楚城头。
咽喉江陵旧地，
形胜有高忧。

叹屈子，
蹈江流，
照千秋。
儿童还识，
司马天下，
肇始荆州。

2021 年 5 月 5 日

才盡江郎意鈍軻,川車迂儒訖佛清輝,如想誰祭透菌苕聽,蠹走歌。

福雄先生辛丑四月十五堯慈巖詩一首今蓮噓以秒之弘揚賢

○路毓贤 书

境

才尽江郎意欲何，辋川车径向诗佛。
清辉如诉谁参透，菡萏听蛙夜夜歌。

2021年5月8日

节后由湘返陕途登天竺山

道生万物有初衷,确信凡间运不同。
车伴祥云盘峻岭,心仪八卦访仙踪。
天成伟岸嗟千仞,地造擎天暗一惊,
向使东夷据此景,何来泰岳逞威风。

2021 年 5 月 7 日

注:天竺山又名天柱山。

初夏

春归步履轻,物性各钟情。
浪涌烟村麦,蛙鸣水岸风。
榴殷花胜火,枝密叶藏莺。
万丈红尘外,田园季候清。

2021 年 5 月 23 日

入上海交大陕西校友会微信群

曾放青春入杏坛，便乘瑞气度时艰。
思源饮水恩难忘，引箭拉弓矢未偏。
百载家贫多孝子，九畹香润尽芝兰。
参差学友没谋面，母校一提即是缘。

2021 年 6 月 4 日

采风"三河一山"绿道作

车乘平仄动诗心，绿道回廊入画频。
浐灞渭沣曾上苑，秦王汉帝旧园林。
一山三水蓝图就，万碧千柔百姓亲。
喜见皇都行善政，仁山智水惠斯民。

2021 年 6 月 6 日首次参加省诗词学会采风活动

清平乐·芒种次日"三河"绿道采风

灞水古渡,
折柳伤别处。
已误韩公蓝关步,
天降雪拥前路。

百里画卷天成,
今谁巧匠能工。
远近三河绿绕,
都市水起风生。

2021年6月6日

于西岳庙望华山

莲瓣形独五岳群,坐拥秦地势东临。
卅年前夜凌云胆,今躬羸躯拜庙神。

2021年6月12日

注:与曙明参加省"文化和自然遗产日"主场活动。

有感端阳雨

天公今日泪长流,犹忆怀王做楚囚。
汨水千年声咽咽,闲愁不赋又无由。

2021年6月14日

芥献集

雨过道黄昏荷碧
横塘翠盖珠
莲影后
蘋裳斜念拜
鸣蛙十里风
祭歌

张雄诗 夏至赏夜荷惹岭 钟镝书于长安

夏至赏夜荷

雨过黄昏打碧荷，横塘翠盖念珠多。
娇莲弄影斜风后，参破鸣蛙十里歌。

2021年6月21日

牛继中 ○

圆魄上寒空，皆言四海同。安知千里外，不有雨兼风。

李峤诗 牛继中书

醉花阴·夏夜

青衫信步南湖畔,
落霞浮水面。
飞燕并羞花,
衣袂翩跹,
顾盼时空乱。

一群锦鲤临堤岸,
兰桨声声慢。
思绪散涟漪,
半里风荷,
相许年年见。

2021年7月1日

望大唐芙蓉园紫云楼

紫云楼隐水云间，歌舞升平醉不还。
些许恩波霓裳舞，国殇因此恨红颜。

2021 年 7 月 12 日

灞河岸吟

平躺安能躲市嚣，出城灞水喜柔条。
停车往日荒滩野，覆手于今彩色描。
曲径蜿蜒通驿站，回廊环绕接梁桥。
三河生态赢新政，绿苑风光胜旧朝。

2021 年 7 月 18 日

与晓霞、宏科、永斌赴延大社科调研遇暴雨

深闭门窗畏酷阳，忽闻窗打玉珠狂。
天昏地暗倾盆雨，浇得炎炎大暑凉。

2021 年 7 月 22 日大暑

夏日感怀

骄阳霸碧天，汗浸透衣衫。
叶密蝉鸣乱，枝繁雀语喧。
昊天思后羿，骤雨触龙颜。
暑浪蒸云里，神安禀自然。

2021 年 7 月 22 日率组赴延安大学社科调研

八一建军节读史感叹后生

快马五陵多俊少,男儿血性肘横刀。
上林苑里磨筋骨,朔漠追随霍嫖姚。
诧异后生多眼镜,忍看新辈少熊腰。
都说热战凭科技,夺巷还须上刺刀。

2021 年 8 月 1 日

报成平友邀家山避暑

蝉噪平添酷暑愁,清凉一股爽心头。
疾驰秦岭云生处,神往商山磨里沟。
谈笑桌盈风味重,言欢杯溢酱香柔。
赊来数行神仙句,留与成平翰墨楼。

2021 年 8 月 7 日立秋与孙萌夫妇

诉衷情·辛丑七夕

葡萄架外唱清秋，
蝉须臾未休。
小园果蔬半挂，
盈色诱人收。

长夜漏，
鹊桥头，
恨离愁。
银河迢递，
天上人间，
一宿深眸。

2021 年 8 月 14 日

附：钟顺虎部长和诗

诉衷情·和葱岭辛丑七夕

钟顺虎

窗外走进好个秋，
恍惚故人游。
昨夜呢喃微澜，
惊帘动风流。

夏去也，
上心头，
人神游。
桂宫玉兔，
月又中天，
朝朝暮暮。

2021年8月14日

牵牛花

朵朵芳心绿蔓牵，行人篱外喜红颜。

平生不屑庭园事，曾住星桥两岸边。

2021 年 8 月 17 日

秋雨

蝉噪骄阳月喘牛，免蒸暑气躲深楼。

忽闻珠玉敲窗碎，宣示江山已入秋。

2021 年 8 月 21 日

芹献集

清秋寂寞是传说 桂影漾金波
绕气巧星河又将冰轮莹记疏桐零
落残荷雨过裹芹动喧歌擎翠酒
望婵娥莫笑我苍颜咏哦

右录蕙岚太常引秋怀一首
岁次辛丑之冬 逸居主人 郑墨泉于长安

◎ 郑墨泉　书

太常引·秋怀

清秋最美是传说,
桂影漾金波。
才乞巧星河,
又心将,
冰轮寄托。

疏桐零落,
残荷雨过,
衰草动喧歌。
举酒望姮娥。
莫笑我,
苍颜咏哦。

2021 年 9 月 2 日

与刘炜评、陈俊哲、何丹萌等十余人瓦库咸得茶叙记之

窗外暑蒸天，风生自俊贤。

慈恩宜布道，瓦库可弹弦。

君子循循诱，芝兰汲汲研。

辋川参禅远，煮茗话青莲。

2021 年 8 月 22 日中元节

赏沈大姐新作国色图

魏紫姚黄映画坛，迄今千载不新鲜。

忽惊纤指添香色，不再东都看牡丹。

2021 年 9 月 12 日于照金

读史知士林多如是观遂作歌叙之

全凭勤耕耘,锅里尚有粥。

家中摞古书,心性喜《春秋》。

平生敢斗狠,夜行携吴钩。

能在十步内,刀笔可封喉。

灵光总不显,雾花怎参透。

和血吞碎牙,隐忍学庄周。

辛酸苦咀嚼,寒蝉复何求。

激情渐行远,菩提心中留。

力翻锄下土,硕果昂枝头。

只影对夕岚,形骸浪自由。

挂瓢来年事,饴孙笑王侯。

2021年9月14日于铜川耀州

照金写意·七绝十首

一

岭外山环翠欲黄，登高心与境徜徉。
鹧鸪何以频相顾，一阵清风送菊香。

2021 年 9 月 15 日

二

岭上环望遍绿装，溪流一抹绕红房。
尚非死士开新国，弱弱何能叹兴亡。

2021 年 9 月 15 日

三

隋统江山敕造忙，深藏舍利佑无疆。
帆升运河谁知晓，碑断千年泣残阳。

2021 年 9 月 15 日见隋神德寺遗迹

四

一山深翠半黄花，金风徐徐送落霞。
霜菊谁言夜寂寞，俨然浪蝶正安家。

2021 年 9 月 16 日

芹献集

◎温守俦

过江千尺浪，入竹万竿斜。
解落三秋叶，能开二月花。

录唐李峤风一首 温守俦

五

雨歇情适涧溪喧，壁立云根入岭端。
为访故隋皇寺院，伴君空绕数青山。

2021年9月16日与甘晖主席寻访神德寺

芥献集

◎ 吴福春 书

六

垂云翔雾雨潇潇,斗室虔诚盼碧霄。
急问中秋天朗否,半山芦苇白头摇。

2021 年 9 月 18 日

七

世道苍生总被欺,揭竿而起举红旗。
夜黑走险薛家寨,星火燎原耀陕西。

2021 年 9 月 18 日

芹献集

○陈建贡　书

八

蹈矩循规细解局，楚河汉界自清晰。
社联奉命出精锐，更请孙阳相马车。

2021年9月19日

九

牧场岭上日优游,晴雨零星别样柔。
旬日回望怜我去,芦花万朵总摇头。

2021 年 9 月 19 日

十

午憩晴光启困眸,蓦然诗意掠心头。
推窗喜见山含黛,明挽嫦娥共中秋。

2021 年 9 月 19 日

注:在铜川市耀州区照金评审陕西省第十五次哲学社会科学优秀成果的 10 天里,与甘晖主席工作之余在山峦起伏中吟诗唱和,其意甚惬。

附：甘晖和诗

写意二首
甘晖

一

草木深深入翠微，踏步蹊径行人稀。
神德古寺何处寻，士子兴起走忘归。

二

薛寨崖上染雨痕，旧槐新竹竞争荣。
先辈创业铁血胆，赢得华夏旌旗红。

秋分一景

阴阳正守衡,冷暖雁云拥。

浮月千川印,敲鱼万寺声。

秋膘添赘肉,寒士解穷经。

路拾水瓶者,绝非卖炭翁。

2021年9月23日

闻孟晚舟女士归来有感

苏武长持绿卡愁,祈望诛远冠军侯。
晚舟三载飘零苦,青史谁能报此仇。

2021 年 9 月 25 日

芹献集

每逢秋月朗编爱向芳丛

却喜芝兰室徘徊挂冠旁

儴宫飘馥郁金粟入寻常

无意雜湘纍章丘少思量

张雄先生咏桂一章辛巳初冬書芷 绍鸿书

○艾绍鸿 书

咏桂

每逢秋月朗，偏爱向芬芳。
却步椒兰室，徘徊桂冠旁。
仙宫飘馥郁，金粟入寻常。
无意难湘累，章丘少思量。

2021 年 9 月 27 日

注：《九歌》等多颂桂句，章丘指李清照。

秋涝

"八月响惊雷，乡村起盗贼。"
玉茭田野泣，零落果园悲。
霪雨不生遂，光阴与愿违。
农夫出古谚，曾是旧章回。

2021 年 10 月 2 日国庆度假于晋大柴村

古汾城观感

旧制推翻过百年，钟情仍是老观瞻。
城隍钟鼓文昌塔，佑我羲皇与圣贤。

2021 年 10 月 2 日

拜临汾尧庙

懵懂初读夏与商,千年口述史不详。
今来参拜三先圣,引领先民拓洪荒。

2021 年 10 月 2 日

谒绵山介子推墓

远渡黄河上介山,寒食千载忆先贤。
抱节割股抛名利,身死孤高境界宽。

2021 年 10 月 2 日

拜永济普救寺

普救河东降善缘，西厢垂泪近千年。
人间多少悲欢剧，化作香炉袅袅烟。

2021 年 10 月 3 日

上黄河鹳雀楼

目送衡阳雁一行，云楼矗立对苍茫。
天边白练明如许，且付骚人叹兴亡。

2021 年 10 月 3 日

菊花新·咏菊

雁引层峦秋已暮,
风冽寒鸦啼枯树。
花百媚千娇,
落红尽,
而今何处。

冲天香阵皇城路,
遍长安,
菊压诗赋。
南山旧篱笆,
正适宜,
漫吟低诉。

2021 年 11 月 3 日

于木王山修订"秦地起国风"丛书

秋染层峦夜雨停,物华尽向木王生。
心驰虽远商山路,神往由衷挚友情。
不妒四贤食汉室,偏从三辅著国风。
谁携儒彦扛新鼎,跑马梁巅数万峰。

2021 年 10 月 29 日

生日寄怀

霜天不点豆,把酒就黄花。
开卷横几案,推窗见鹊鸦。
牵牛篱引蔓,弹指日西斜。
一趟江湖路,何须拥鼓笳。

2021 年 11 月 6 日

光棍节赞筷子

相伴从不争伯仲,虔诚善待富和穷。
酸甜苦辣先尝尽,海内无君怎大同。

2021 年 11 月 11 日

西江月·咏雪

丰稔来年谁定,
天庭即是中央。
何时大地裹银装,
纤指青娥收放。

挥洒琼花玉屑,
漫天恣肆飞扬。
鸿泥雪爪费思量,
尤映暗香心上。

2021 年 11 月 22 日

浣溪沙·落叶

依附东君着翠青，
风姿摇曳隐啼莺，
但逢霜女漫飘零。

莫醒高枝寒雀梦，
偏酣大地蕴泥情，
一遭不枉世间行。

2021 年 12 月 2 日

与陕师大孙教授寻诗佛遗迹不见，山洪后捡璞得趣

遗踪探访入辋川，王右丞家舍久湮。
山荫蓝关秋水怒，溪边翻得玉生烟。

2021 年 12 月 5 日

冬韵

温酒围炉最适情,滑屏全赖颈椎撑。
蜗居着意瘟神去,蛰伏难将冠魔平。
暂趁无风郊外走,更逢暖日陌间行。
玉鸾千里飘音韵,再作寻梅踏雪声。

2021 年 12 月 5 日

咏煤

凡尘哪户不炊烟,能量全凭赤焰燃。
造化墨成诗万古,前生森木绿参天。

2021 年 12 月 18 日

夜过南湖玉轮流烟

入夜冰轮分外明，冠魔肆虐似幽灵。
唯闻堤岸寒林鸟，关切湖心玉动情。

2021 年 12 月 20 日

冬至夜题

长夜围炉苦饮茶，城南失守若干家。
核酸频测虽阴性，无意推窗赏月华。

2021 年 12 月 21 日

赳赳老秦战冠魔

风声鹤唳罩严冬,市井绝非往日同。
群聚白衣忙检测,要津红袖正封城。
一心一意驱瘟疫,任劳任怨辅众生。
待到东君携虎至,再登霸上吼秦声。

2021 年 12 月 23 日

赠朗诵艺术家曲波先生

世上一台剧，丹田任纵横。
玉鸣流韵律，珠落动声情。
得气余音绕，出腔语句惊。
入君天籁界，宛若沐春风。

2021 年 12 月 26 日

注：诗得配乐朗诵喜作五律。

芼献集

◎孙文忠 书

居家隔离十日感

平躺绝非为养膘，着实反锁惧冠妖。
白食日日急搔首，恨未青囊与快刀。

2021 年 12 月 28 日

无题

年关回望意仓皇,公历新翻剩一张。
梦醒方惊驹光过,镜屏忍看鬓毛霜。
青衫脾气偏兰竹,循吏襟怀也稻粱。
有待虎归花甲至,轻舟漫解醉斜阳。

2021 年 12 月 31 日

报秀霞同学壁炉闲适图

欣看围炉意态闲，案牍辜负费牵烦。
疲肩方卸田园去，从此垂纶杜水边。

2022年1月7日

咏包子

东西南北菜蔬丰，品类从不选富穷。
楚蜀味偏麻辣烫，齐秦口重蒜姜葱。
食材聚力方成馅，大肚雍容已入笼。
屉中飘来香四溢，舌尖户户味不同。

2022 年 1 月 8 日

鹧鸪天·咏兰

一簇灵根出辋川，
移堂即刻拜金兰。
舒条幽壑敛王气，
芳韵孤心伴玉烟。

香盈袖、佩芝兰，
行吟戚影楚江边。
情投着意怜君子，
从此清芬惠俊贤。

2022 年 1 月 13 日

注：与陕师大孙教授于去年底寻王右丞旧居，圆清人题兰"君从辋川来"句，得兰育之。

芥献集

孤馆深沉·咏松

孤标万仞友清风，
青盖作涛声。
任电闪雷击，
雨打雾笼，
还傲千峰。

且看那，
干枝鳞甲，
蟒爪破云蒸。
普天下，
斗霜凌雪，
劲节谁可操同。

2022年1月2日

春雨变述育化生机引春笋 晴破新泥凌霄沐雪疏影横枝傲于岁钱兼击剑 及冬清风一缄襟怀当下年管菌君子仪阳明被致郑燮书诗劲节无屈心无染志

无愧

盖岭润竹香之咏竹 壬辰夏李平逊书

行香子·咏竹

春雨虔诚，
育化生机，
引春笋、
暗破新泥。
凌霜沐雪，
疏影横枝，
渐干成戟，
叶成剑，
翠成衣。

清风一域，
襟怀天下，
弄管箫、
君子心仪。
阳明格致，
郑燮书诗，
劲节无屈，
心无染，
志无移。

2022 年 1 月 10 日

芹献集

笛三弄 影娉婷冲厓首破寒营 风裹梅妻未梦横绝枝上情天付 善搏霜雪仙姿傲向冰凌□芳郁 殷相许三枝□又丕孤零 疑花仙颂词一首 壬寅夏月 大忠

○余继忠 书

珠帘卷·咏梅

笛三弄,
影娉婷,
冲年首破寒营。
风里梅妻朱萼,
横绝枝上情。

天付善搏霜雪,
仙姿傲向冰凌。
只为那般相许,
三挚友,
不孤零。

2022 年 1 月 11 日

题三辅性情

蛰居驱疫度寒冬,窗外千般已暂停。
生冷长安尤倔蹭,松竹梅喜雪花中。

2022 年 1 月 5 日

无题

汾河无浪却含沙,寂寞烟村耕读家。
老屋衔泥回紫燕,村西雨霁散流霞。

2022 年 1 月 18 日于省两会间隙回想暑假朦胧记忆而作

题黄楼梅诗会

梅花三弄影娉婷，姿起寒天恋雪情。
泼墨兴来呼好酒，谈诗趣致煮佳茗。
数行泉韵吟笺动，几笔梅生画案惊。
曲水流觞非此地，黄楼列坐尽高朋。

2022 年 1 月 19 日开省两会于 W 酒店

"除夕"近长安

六出天阙抵年关，冠孽仓皇遁世间。
雪霁银装披市井，云开暖日起炊烟。
功成符旧辞牛岁，更始桃新候虎年。
又见九衢车马动，除夕万户闹团圆。

2022 年 1 月 29 日

岁末感怀

每抵年关忆老屋，童年祖亲醒时无。
余生不再回南贾，牵梦祖庭已姓吴。

2022 年 1 月 30 日

注：襄汾县南贾村二元巷自太爷兄弟从山东平阴县城北约 17 公里吕家楼庄逃荒立足到吾辈已四代矣。

年景

寅虎迎春辞丑牛，新冠全不讲缘由。
五千年里最奇特，罩面人唯闪眼眸。

2022 年 2 月 1 日（壬寅大年初一）

参观三原李靖故居

空庭牛斗射龙光,幸得将军佑大唐。
卫国公名因社稷,民间仍奉李天王。

2022年正月初三与长安大学马明芳、武联夫妇相偕

立春逢冬奥会首日于翠华山滑雪场

万邦怀技聚京师,拼搏青春雪舞时。
奥运共襄难弃我,猎装太乙正风驰。

2022年正月初四与长安大学张兵、武联等相偕

山河家园

黄河纵横奔腾狂泻千里岸隔陕西山西河北河南
秦岭逶迤蜿蜒怒拔万仞脉横三秦荆楚淮北淮南

2022 年 2 月 7 日

注：与长安大学党起先生戏成一联。

岁首咏虎

楹联一挂渐春萌，最喜壬寅属相名。
金兽新桃腾谶瑞，丑牛晦气惹瘟情。
行藏岭岗笑驴技，游走江湖怕路平。
狐假虎威君莫笑，敢不先让大王行。

2022 年 2 月 12 日

浣溪沙·赏春

欲访早春过灞桥，
水边婀娜柳垂条，
万千碧眼上柔梢。

自古长安多紫气，
向来佳丽少蛮腰，
长呼三辅太丰饶。

2022 年 2 月 18 日

游鄠邑草堂寺

草堂寺院井生烟，鸠摩罗什设法坛。
那日木鱼频响后，龟兹执念遍长安。

2022 年 3 月 5 日惊蛰

摊破南乡子·探春

万物雪藏中。
这次第，
时令阳生。
暖鸭优游波影动，
柳含碧眼，
千柔百媚，
占尽东风。

诗兴老来浓。
素笺里，
急作春耕。
只缘陌上疏枝冷，
负桃李杏，
误黄莺过，
空两三声。

2022年3月6日

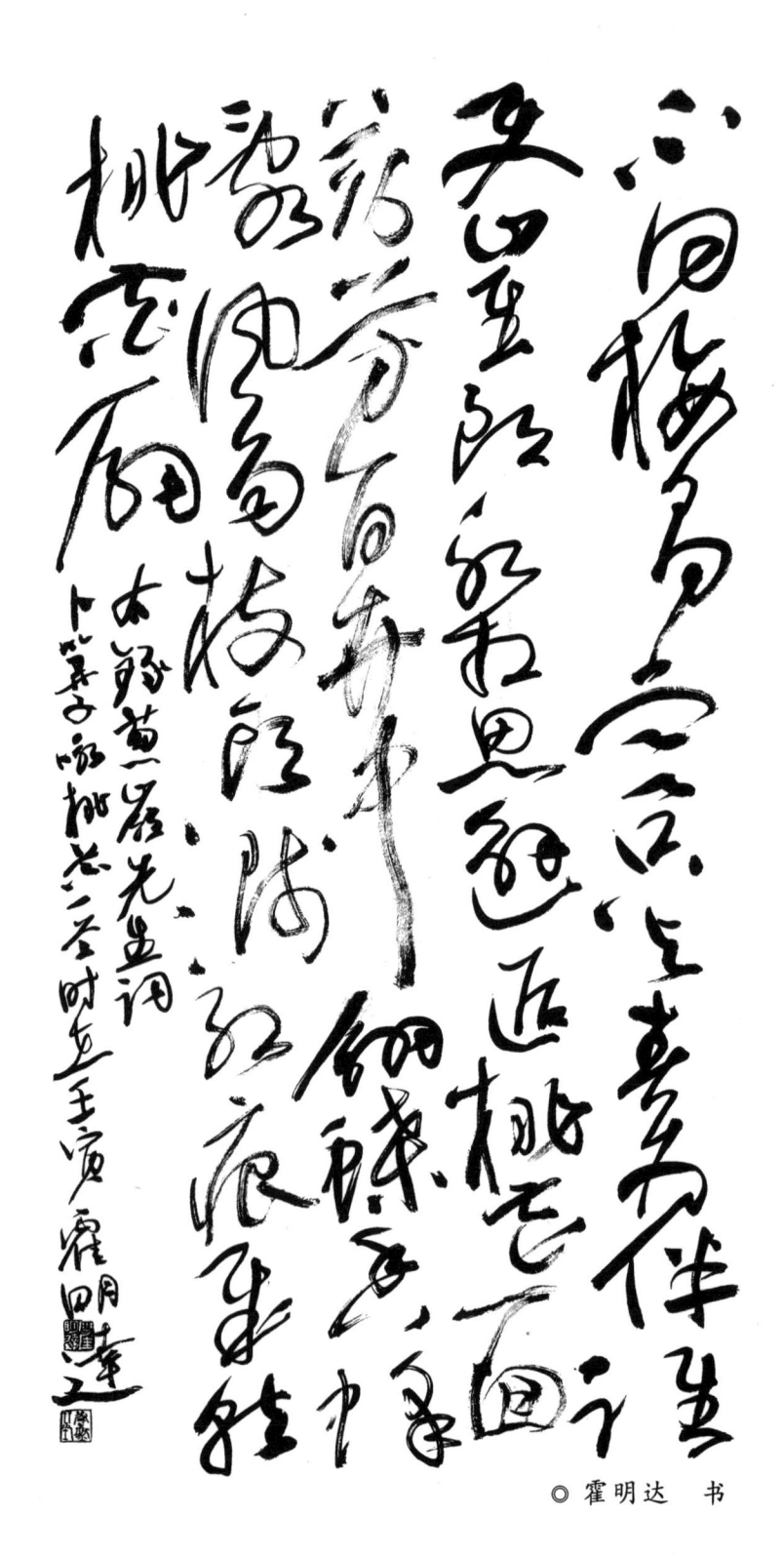

芹献集

毛泽东《卜算子·咏梅》

风雨送春归,飞雪迎春到。已是悬崖百丈冰,犹有花枝俏。俏也不争春,只把春来报。待到山花烂漫时,她在丛中笑。

毛主席卜算子咏梅词 壬寅 霍明达

○霍明达 书

卜算子·咏桃花

不向梅争寒，
只与春为伴，
谁使崔郎永相思，
邂逅桃花面。

芬芳百卉中，
翎蝶香蜂乱，
风雨枝头溅红痕，
染透桃花扇。

2022年3月8日妇女节

春雨拂曉停雲興空山伴一樹彌陀寺外雪誤作梨花看紅蕾綻橫斜色勝夭桃面二月輕寒嫁東風麥熟君尤燦

古綠張雄先生正 杏花詞 壬寅正月於古城長安 高雍君

○高雍君 书

卜算子·咏杏花

春雨拂晓停，
云与空山伴。
一树弥陀寺外雪，
误作梨花看。

红蕾绽横斜，
色胜夭桃面。
二月轻寒嫁东风，
麦熟君尤灿。

2022年3月13日与武院长等拜弥陀寺

棠梨花三咏

一

一树甘棠映素妆,暗香撩动蝶蜂忙。
推窗相顾春微笑,似有啼莺密叶藏。

2019 年 3 月 21 日春分

二

经年守望社联家,寂寞窗棂染物华。
院浅不栽桃李色,许身白雪作春花。

2021 年 3 月 15 日

三

结缘无负社科人,清白枝头二月春。
五载眷怜终将去,叮咛楼内冗忙身。

2022 年 3 月 18 日

注:每到农历二月社科联院中的棠梨繁花似雪,清淡本色韵和社科联。

芹献集

春分雨

芳英夜半泣枝头,乍暖还寒粉泪流。
此刻农夫形色喜,青青最懂贵如油。

2022年3月20日

长驱百余公里入木王山杜鹃花海赏乔木杜鹃

名噪西京世所稀,春深花信报时急。
朵团万树红腮笑,锦簇千山粉浪袭。
蓓蕾丹出莲瓣座,蜂嗡香透杜鹃衣。
静修千载下凡界,长使英雄为色迷。

2022年4月4日寒食节

暮春叹

雨打芳菲万木哀，惜春将尽自徘徊。
落红亭外逝流水，绿蚁樽中遭耿怀。
造化高低些定数，命途悲喜或安排。
天行有道莫惆怅，顺势应时懒费猜。

2022年4月5日清明节

韵和磐弟赠上海虎铃兄

负笈身寄浦江西，守望同窗共释疑。
昔日草根今老矣，灞河祈友远瘟疾。

2022年4月5日清明

注：1988年与张辑同场考入上海交大研究生院，成同窗好友，近日冠魔肆虐港沪，震惊国人。

附：长安四月遥寄上海张辑兄和诗

长安四月遥寄上海张辑兄

张磐

晴树摇风驱叶暖,菜花黄透蜜香奇。
江南最爱纷纷雨,君要迟收不用衣。

如梦令·杨花

曲水蒹葭新换,
风软鸳鸯临岸。
画舫桨声中,
飞絮把春撩乱。
休辩,休辩。
疑到广陵桥畔。

2022 年 4 月 12 日

春笋

咬石盘根不自哀,千寻万笋且虚怀。
平生担伍媚俗态,云脚春深破土来。

2022 年 4 月 15 日

芹献集

孔子熏周礼
横渠启後生

张雄先生正之
壬寅之秋月 行舟

◎ 王行舟 书

"五一"国际劳动节赞社科工作者

惯于长夜伴青灯，喜乐诚然故纸中。
格物致知循正道，穷经析理敢先声。
十哲孔圣秉周礼，四句横渠启后生。
欲破社科题万项，三皇文脉正传承。

2022 年 4 月 30 日

夏风

云诡难参际会空，残春已尽萼无红。
飙车直上咸阳北，阵列香槐迎夏风。

2022 年 5 月 5 日

注：立夏前日与马来夫妇等三家核酸后参加永寿槐花节。

无题

身处庙堂久，终南已可期。
星河流日夜，眉眼渐迷离。
蓝玉月浮左，圭峰日落西。
幽兰萦梦绕，瓜豆正牵篱。

2022 年 5 月 8 日

石榴花

胡儿榴火炫,称道满坊间。
李唐家底事,哥舒误长安。

2022 年 5 月 9 日

行香子·赞医护工作者

上古岐黄，
今赖白衣，
佑千年华夏苍黎。
屡逢瘟病，
常遇顽疾，
靠指之脉，
釜之草，
药之奇。

虎牛岁月，
胶着冠疫，
锁城郭惊恐频移。
悬壶济世，
执锐横敌。
敢心无屈，
胆无惧，
位无虚。

2022 年 5 月 12 日护士节

浣溪沙·广场舞

闲适遛弯循乐声,
豁然一抹似霞明,
晚晴队列欲娉婷。

风韵这厢音律动,
战云那里俄乌争,
且飞彩练舞升平。

2022 年 5 月 19 日

七律·咏莲

镜开云淡碧相融,疏影娉婷喜晚风。
出水芙蓉羞月朗,露珠菡萏动蛙声。
吟哦情寄濂溪处,参悟身投淖泞中。
即便秋残冬令至,枝头坐忘有寒僧。

2022 年 6 月 2 日

芹献集

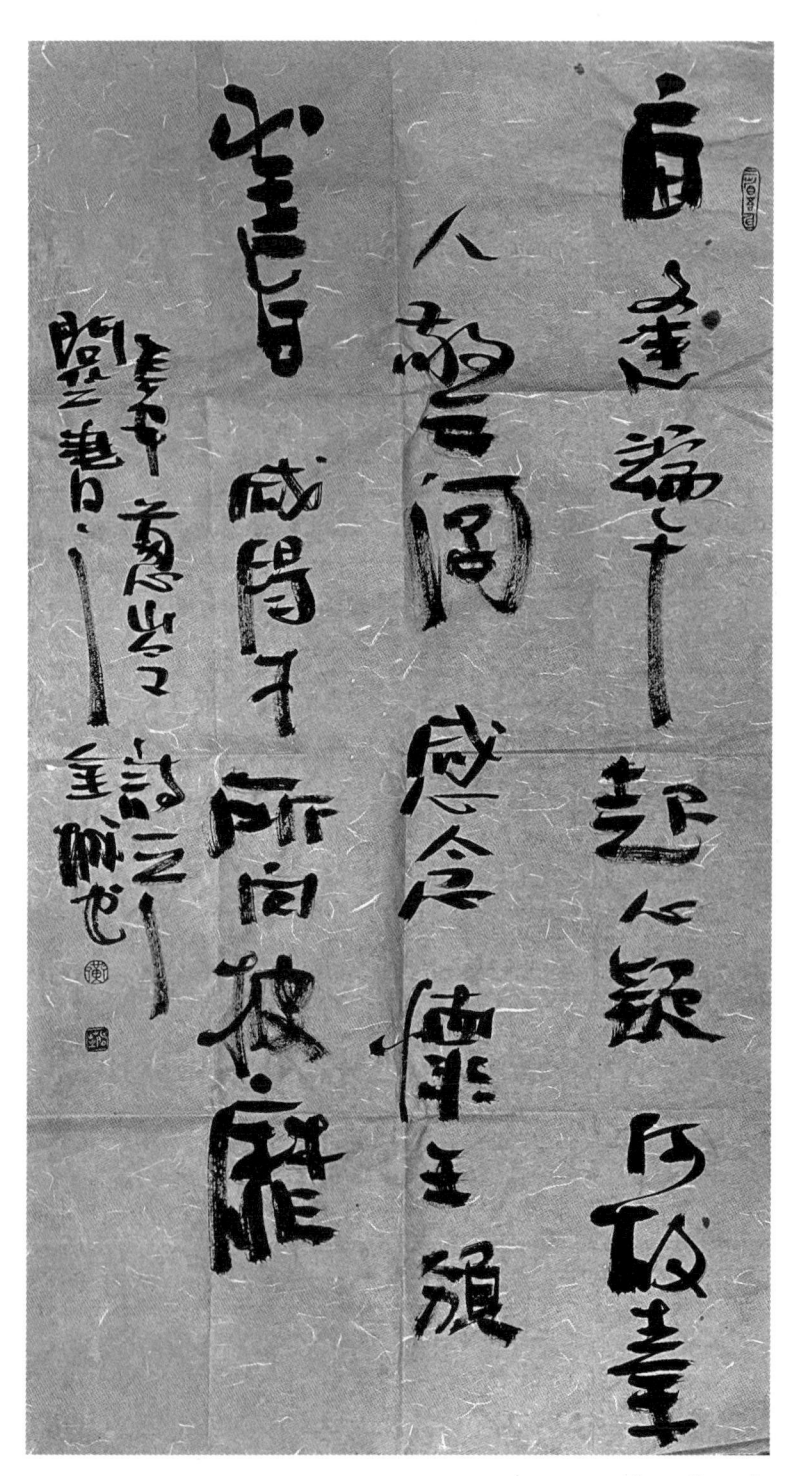

○ 黄问芝　书

无题

每逢端午起心疑,何故秦人敬三闾。
感念怀王颁圣旨,咸阳才所向披靡。

2022年6月3日端午节

凌晨口占

梦惊拂晓又核酸，嗔转欢愉因乐天。
哈欠一声神顿爽，不嫌贴纸少樊蛮。

2022 年 6 月 10 日

注：西安 4 月解禁后，每检核酸均发一古代名人小贴纸。

卜算子·咏蟠桃

昆仑有珍馐，
玄圃仙桃树。
绮宴瑶池贺寿星，
竟被猴王误。

凡界难奢求，
留与丹青驻。
一幅蟠桃上厅堂，
客至眸先顾。

2022 年 6 月 13 日

叹天庭

金轮澄净挂苍穹，眷顾天涯共月明。
探测舆图不忍视，婵娟哪有广寒宫。

2022 年 6 月 14 日遇超级月亮

芹献集

◎陈云龙 书

云影推出先觉图语

祭落齿

日噬情甘奉体蛮，江湖屡闯咬牙关。
添粥长忆旧摇落，勿忘推恩让齿先。

2022 年 6 月 15 日

绝句谑和磬弟

南庄桃面最牵魂,吟唱千年韵味深。
村外徘徊非旧客,痴情总有后来人。

2022 年 6 月 16 日

附：夏日过南庄和诗

夏日过南庄

张磐

花添繁密树添轮，岁岁红桃不死心。

客去香消犹不够，空枝冷暖备来春。

2022 年 6 月 16 日

蚊吟

红包新领夜难安,枕畔嗡嗡去复还。
手起怒觉风贯耳,掌灯细看血一摊。

2022 年 6 月 27 日

山花子·喜迎二十大

祈盼神州破晓天,
嘉兴湖畔启红船。
为有牺牲多壮志,
换人间。

庚续百年新赛点,
艨艟正欲驶深蓝。
敢有梯航兴恶浪,
碾狂澜。

2022 年 7 月 2 日

山花子·咏扇

只赚清凉莫羡仙，
钟离缥缈济公癫。
诸葛计出鹅毛扇，
戏民间。

村野和风蒲作扇，
流萤屏面认罗绢。
怀袖雅题俦伴我，
一青衫。

2022 年 7 月 3 日

与建伟参加第七次国际天坑科考另解

何以深穴雾气升，闭关鳞爪卧天坑。

万峰电闪千雷滚，龙影偏乘雨夜腾。

2022 年 7 月 9 日

七律

秦巴深处队旗红，科考天坑兴致增。
本为心仪究道理，绝非胆怯避冠情。
皇都气盛四十度，暗洞凉输五里风。
四县六天节奏紧，九旬院士作先锋。

2022 年 7 月 10 日

注：第七次汉中天坑群国际科考及西安突发新冠变种遇高热天记之。

七夕·牵牛花

雅号勤娘子，篱蔓命相牵。
追风迎日月，蒸暑引攀缘。
兰夜标孤韵，喇叭问九天。
出身星汉侧，圆梦鹊桥边。

2022年8月1日

雨

一年有四季，变幻任云集。

布谷甘霖降，雷惊暑浪袭。

秋来云水怒，冬日六出奇。

倚赖氢二氧，万类蕴生机。

2022 年 8 月 2 日

七律·游麟游

不因词赋采豳风，急撤长安避暑蒸。
彪悍戎狄频骑射，图存周祖善农耕。
旌旗变换归唐主，冠古辉煌话太宗。
车过咸阳仍旧道，绝碑墨舞九成宫。

2022 年 8 月 6 日

芹献集

立秋伏暑热心境举风
荷曲水白云过南湖玉
鉴磨情投箸月酒耳顺
饭牛歌亥趁蟾光亥倦
班轶事多

时壬壬寅年八月于
古都长安 李艳秋书

○李艳秋 书

立秋

立秋伏暑热，心境举风荷。
曲水白云过，南湖玉鉴磨。
情投菊月酒，耳顺饭牛歌。
每趁蟾光夜，仙班轶事多。

2022 年 8 月 7 日

巡视员一

船靠码头人到站，长安道上满尘鞍。
还乡白发无深虑，袖手不作壁上观。

2022 年 8 月 13 日

巡视员二

一纸红头钉盖棺，屠龙事业费牵烦。
欣逢耳顺转巡视，叩问初心可释然。

2022 年 8 月 15 日

巡视员三

俸银每领似怡然,恩报劳形几案间。
盘点卅年无一用,唯背唐诗百余篇。

2022 年 8 月 16 日

附：和诗

赠张兄
党朝晖

巡天视河五品员,半隐半现半休闲。
耳顺不闻烦心事,随心所欲享清欢。

附：和诗

巡视员

何惠昂

巡民视事掌牧守，拯饥救溺做菩萨。
半生庙堂半忧乐，一观五柳一桃花。

2022 年 8 月 16 日

单位搬迁后与科普部同志小聚记之

回神境已迁，落座即开坛。

樽满能量正，杯空笑语喧。

情移文艺苑，心系社科联。

耳热三巡后，一巡竟忘年。

2022 年 8 月 18 日

注：一巡即一级巡视员职级简称。

处暑日

处暑湿同酷暑潮,常嫌蝉噪盛情高。
浪蒸滚滚难招架,最恼冠毒擅传销。

2022年8月24日于株洲331医院

意外小院牵牛花绽放喜诵七律

上古银河岸畔家，下凡刻意避荣华。
巧夕芳朵迎三暑，白露攀篱候九华。
往日心仪风信子，而今眷顾喇叭花。
牵牛争向晴空问，夜半星眸笑作答。

2022年9月7日白露

东坡引·风

送香兼染色，
生于青蘋末。
氤氲物候如仙客，
四时传冷热。

云烟浪放，飘忽难测。
拂万象、穿溟漠。
狂飙卷雨湖山过。
吹来心澄澈。

2022 年 9 月 13 日

诉衷情·曲江怀古

廊桥亭榭锁清秋,
檀桨惊水鸥。
杏园青衫折桂,
得意紫云楼。

题雁塔,
泛兰舟,
或追游。
古时闲月,
慈恩梵音,
倾醉江头。

2022 年 9 月 19 日

忆秦娥·暮秋

怅秋色，
西风渐紧寒天彻。
寒天彻，
篱虫哀咽，
谁与声和。

少年爱冲五陵过，
赢得物候霜毛落。
霜毛落，
味嚼平仄，
终南鼾卧。

2022 年 9 月 21 日秋分

一剪梅·秋分

荐爽金风桂酒醇,
不觉冷热,
正值秋分。
卅年占得赋闲身,
些许余光,
留与黄昏。

昼夜短长怎划分,
率土贫富,
自古难均。
何当万类共温存。
校准天心,
叩问乾坤。

2022 年 9 月 23 日

芹献集

假如追去连滚无力地伏在
丈量斗转星移经日月霞光
石火属滂桑浮生耐梦烟时
经摇云看晓云花长夏悚锅牛
心愚蛮白驹才怕过重阳

张雄七律时先惠芹
壬寅孟秋 雷婉萍

◎ 雷婉萍　书

七律·时光

假如远古是洪荒，天地光阴怎丈量。

斗转星移经日月，电光石火历沧桑。

浮生酣梦嫌时短，摇豆青灯怨夜长。

莫怪蜗牛心思重，白驹才怕过重阳。

2022 年 10 月 4 日重阳节

七律·壬寅重阳节感怀

登高骋目忘悲秋，不等梅开即退休。
玉露重阳花恨瘦，征鸿万里雁含忧。
携壶就菊人宜醉，推牖邀山雨未休。
却望高牙犹揖手，翻将谱牒视金瓯。

2022 年 10 月 4 日

得配乐诗朗诵赠曲波先生

抑扬止水泛涟漪,悦耳幽泉响涧溪。
十遍听完神未定,走心原是被声迷。

2022 年 10 月 8 日

无题

力征不忿忆寒酸，旋将修齐纳砚田。
市井草根疏眷顾，牙旗麾下自扬鞭。
劳神经纬奉圭臬，受命行藏累挂牵。
解甲辕门心尽矣，甘将禀性寄湖山。

2022 年 10 月 11 日

西江月·十月喜迎二十大

渭水白云流远，
终南枫叶飘丹，
画图妙手绘斑斓，
红日黄昏印鉴。

十月秋高气爽，
鹏程万里河山。
时逢社稷谱新篇，
亿万旌旗漫卷。

2022 年 10 月 12 日

错登圭峰山

矗立名遐迩,秋深叶已丹。
导航不靠谱,村老误传言。
羊肠道穷尽,圭峰寺屹然。
圭峰山怒问,乱拜哪一仙。

2022 年 10 月 22 日

注:圭峰山与圭峰寺不是同一地。

七绝·霜降

红叶堪怜百卉羞,霜枝引领泣寒秋。
千年隐逸西风里,多少倾壶解沈愁。

2022 年 10 月 23 日

咏红颜（四首）

西施

姑苏台上馆娃宫，美女堪敌百万兵。
吴越相谋心气盛，亡国还靠枕旁风。

王昭君

捷报雄关久不传，长城屡陷撼长安。
幸逢天子怀良策，大汉须眉免戍边。

杨玉环

大明宫阙月轮圆,太液池头萼未残。
长抱马嵬坡上恨,羞花再不斗胡旋。

注:壬寅正月十三游大明宫遗址公园。

陈圆圆

貔貅百万锁雄关,稳保大明数百年。
血洗甲申易主后,坊间开骂陈圆圆。

2022 年 10 月 28 日

咏枭雄（四首）

秦武王

英豪今古属谁强，飞将重瞳趔两旁。
函谷走来真力士，中原问鼎是武王。

注：秦武王洛阳举鼎绝膑而亡。

吕布

方天画戟扫中原，勇冠三军岂等闲。
休怪英雄频汗下，单挑难过美人关。

项羽

楚河汉界会鸿门，青史何因吊诡云。
霸上项王一闪念，奈何垓下断香魂。

注：壬寅年正月初五过鸿门宴遗址得句。

袁世凯

群雄并起漫说曹，兴致无端到近朝。
莫怨项城福报浅，敢将旧符换新桃。

2022 年 10 月 29 日

朝中措·文房四宝

芸窗不必奉神龛,
四季有梅兰。
挚友陶泓眷顾,
楮生毛颖陈玄。

襟怀诗韵,
腕悬文字,
横案犁田。
所幸三餐烟火,
与君意惹情牵。

2022 年 11 月 1 日

题社科联新址窗外火晶柿子树

其一

树寒红叶渐飘零,挂满枝头小火晶。
何故临窗凝视久,引得味蕾忆曾经。

其二

雀儿树上觅食欢,累累枝垂柿欲燃。
示好社联新伙伴,先红窗外半边天。

2022 年 11 月 3 日

眼儿媚·初冬感怀

寒气空蒙裹尘烟,
正好释双肩。
茗茶慢煮,
逍遥意懒,
拨弄琴弦。

立冬闲赋旋冬至,
皇历总连环。
禅关叩问,
渔樵唱和,
眼底流年。

2022 年 11 月 10 日

曲江五古赠孙萌同学

矫健八一哲，奔跑寒暑天。
北风凛渭水，孤鸿恋终南。
酒浓樽底浅，肥瘦碗里鲜。
支教须一载，独行路八千。
齿老舌倔强，精神犹当年。
寒叶飘长安，雪花满天山。
援疆百年计，丝路连家山。
倾杯胜折柳，何必灞桥边。
愿君拥祥瑞，扶醉出阳关。

2022 年 11 月 20 日

注：八一哲指八一级哲学班。

政策放开疗阳记

确信毒株套路深，
三年围剿隐形身。
笔伐所幸功夫浅，
颜面方留些自尊。

2022 年 12 月 20 日

拜谒彭德怀元帅故居有感

无疑甲骨刻忠魂，青史功高忆战神。
麾下雄师歼日寇，阵前劲旅灭联军。
三八线亘断南北，十六国遗恨板门。
莫道庐山风景异，谁人到此不伤心。

2023 年 1 月 24 日

海南亚龙湾写意

飞轮无悔跑天涯,喜越隆冬跨海峡。
碧水涛狂惊燕雀,汪洋帆远网鱼虾。
裸身未必扮渔父,三点诚然逐浪花。
拍岸层波潮起落,椰风吹梦万千家。

2023 年 2 月 8 日

咏三峡大坝

海天一线沐椰风，车到三峡月正明。
无意高唐寻轶事，已觉云梦备春耕。
横空遏浪平湖锁，筑坝高峡玉女惊。
云断巫山循鸟道，隐约夜半有猿声。

2023年2月12日子夜寻宿三峡工程大酒店

过神农架

半壁文坛追楚风,明妃屈子韵相同。
秭归饮罢香溪水,又上神农观雾凇。

2023年2月15日神农架顶银装素裹

贺太白文艺出版社建社 30 周年

卅载梧桐碧树荫,引得鸾凤叫声频。
笔耕文苑金针度,稼穑耘编校注勤。
魂铸三秦明教化,玉成而立传基因。
太白文艺百花放,独领风骚出版人。

2023 年 3 月 12 日

五古·过秦穆公墓

葛天舞苍茫,挑灯话羲皇。漫寻西垂地,穆公确辉煌。开拓非子土,又廓大骆疆。野人冲韩原,羊皮抵国相。东渡复西征,弄箫乘凤凰。河东尽瞠目,诸侯皆西向。春秋新霸主,周室犒伯赏。赫赫老秦史,陇脉渭水长。雄风追落日,掩卷二世亡。

2023 年 5 月 3 日于凤翔

五绝·癸卯初秭归吊三闾大夫

国殇因虎狼,
何必怨怀王。
万户怜君子,
千年飘粽香。

写于 2023 年 6 月端午

后 记

  几十年的机关工作，习惯了满负荷、高强度、快节奏的工作生活，正忧二线的到来及退休生活将如何减速之时，中国古典诗词款款而来。脱尘谁襟抱，故情晚相迷。古往今来的感慨、山河家国的情怀，正好吟哦沧桑，悲喜岁月，诗书未来。

  自从王小凤老师 2020 年 3 月电话里授我以渔后，便开启了我以诗咏怀、自得其乐，"虽南面为王而不能代之"的生活新态势。书常读，气常养，琴常听，剑常看。寓思想于文史哲，寄情怀于诗书画，能朝此目标结集，对自己既是惊喜也是意外。诗载道，诗言志，诗抒怀，诗养精神，诗开境界。花甲之年、退休之际能诗开心扉、情动过往，风骚天真、吟行天涯、唱酬诗友，虽乏令人击节之句，却也雁过留痕，开枝散叶，逞濠梁鱼乐。

  忐忑中敢有将拙作付梓的勇气，来源于贾平凹老师、杜中信先生、陈建贡主席等诸位大师名家的赐墨鼓励，以及孟建国会长、刘炜评教授的拨冗赐序。特别是建树同志与社科联同人以及党靖社长长期以来的同道谬赞、倾情支持，太白文艺出版社李玫主任和相关编辑精心审稿，付出大量心血，在此，一并深表谢忱！

葱岭壬寅深秋于西安曲江